Faites des gosses !

Stéphane Garnier

F1RST
ÉDITIONS

ISBN: 978-2-412-06769-7
Dépôt légal: juin 2020
Imprimé en Italie par LEGO

Mise en pages: Olivier Frenot
Correction: Nejma Rafii et Marjorie Poitte

Éditions First, un département d'Édi8
92, avenue de France
75013 Paris – France
Tél.: 01 44 16 09 00
Fax: 01 44 16 09 01
E-mail: firstinfo@efirst.com
Site Internet: www.editionsfirst.fr

Avant-propos

La maternité ? Il y a peu de temps que les langues commencent vraiment à se délier sur le sujet.

Juste pour déculpabiliser de vouloir ou non des enfants, de vivre bien ou non sa grossesse et, par moments, d'en avoir marre de ses gosses… C'est auprès de 120 femmes célèbres de toutes les époques que j'ai été recueillir quelques bribes de sincérité sur la maternité. Autant de personnalités qui disent enfin la vérité sur leur grossesse, leur non-grossesse et leurs enfants. Des mots souvent plein d'humour et loin du politiquement correct qui font du bien à entendre.

Voici donc 160 pages de pensées de femmes d'hier et d'aujourd'hui sur la grossesse, les enfants... Pour le meilleur et pour le pire, autour de 50 thèmes (vous en retrouverez la liste page 153), pour vous rassurer ou vous faire déculpabiliser de toutes les pensées qui vous passent par la tête avant, pendant et après la grossesse!

Comme le dit un proverbe québécois à propos de la grossesse: « Ça commence par un baiser, ça finit par un bébé. »

Et même si le père ne le porte pas, un bébé se faisant à deux, une trentaine d'hommes célèbres auront également leur mot à dire sur le sujet en fin d'ouvrage, soyons *fair play*!

— 1 —

Une femme doit-elle absolument avoir des enfants ?

— —

Adriana Karembeu

“ Je ne suis pas une machine à reproduire ! ”

Alyssa Milano

“ À chaque fois que j’ai envie d’avoir un enfant, j’adopte un animal de compagnie! ”

Céline Dion

“ Je préfère manquer le bateau du show-business que le tramway d’être mère! ”

Calista Flockhart

« Je ne suis pas préoccupée
par ces histoires de mari
et de bébés.
En plus, j'ai un chien. »

Arielle Dombasle

« Il y a les créatrices
et les procréatrices ! »

Britney Spears

« Si je n'avais pas été une star, je serais probablement devenue prof. J'adore les enfants ! Ce que je préfère avant tout, c'est de rencontrer mes fans avant mes concerts. Surtout les plus jeunes, ils sont si mignons ! »

— 2 —

Y a-t-il un âge limite pour tomber enceinte ?

Florence Foresti

« Ma reum, c'te truffe, elle a trouvé le moyen de tomber enceinte à 38 ans ! »

Halle Berry

« Ça a été la plus grande surprise de ma vie pour vous dire la vérité. Je croyais avoir dépassé l'âge. Donc ça a été la plus merveilleuse des surprises. »

— 3 —

À propos de la maternité, ce qu'en disent les copines, est-ce vraiment important ?

Marni Jackson

“ La maternité, c'est comme l'Albanie. On ne peut pas se fier à ce qu'en disent les livres, il faut y aller. ”

Florence Foresti

« Certaines femmes
disent que le jour
de l'accouchement est
le plus beau de leur vie…
Je me demande à quoi
ressemblent les autres jours
de leur vie ! »

— 4 —

Des hésitations ? Qu'est-ce qui peut encore vous empêcher d'avoir un enfant ?

Shakira

« Si je ne prenais pas en compte mes projets musicaux, je serais déjà enceinte. Je serais ravie d'avoir huit ou neuf enfants avec Gerard, avoir ma propre équipe de foot ! »

Paris Hilton

« Mes chiens n'arrêtent pas d'avoir des petits et j'ai des remords quand je les donne à des gens, parce que je me dis que si j'avais un bébé et que quelqu'un me le prenait pour le donner à quelqu'un d'autre, je trouverais ça méchant. »

Sophie Marceau

« Je rêve de la famille
de la pub Ricoré. Je voudrais
être cette jolie maman, avoir
ces beaux enfants
et ce mari sympa. Mais
il y a toujours quelque chose
qui me rappelle que
c'est impossible. »

Rita Rudner

« Mon mari et moi, on hésite
entre faire un enfant ou
acheter un chien. On ne sait
pas encore si on veut ruiner
nos vies ou seulement
nos tapis. »

— 5 —

Quels ont été les avantages de la grossesse ?

— —

Britney Spears

« J'aime être enceinte pour tellement de raisons. Sans oublier que le sexe est génial pendant cette période. »

Camille Anseaume

« Règle numéro 1 :
une femme enceinte
a toujours raison.
Règle numéro 2 : surtout
si elle est célibataire. »

— 6 —

Tu es enceinte ou tu as pris du bide ? Témoignages !

Angelina Jolie

« À chaque fois que
je me rends dans un pays,
la presse s'imagine que
je vais revenir avec
un bébé ! »

Halle Berry

« Je ne suis pas enceinte, vous voyez ? Il fallait juste que j'arrête les hamburgers. »

Jennifer Garner

« J'aimerais être l'une de ces jolies filles enceintes qui portent un jean skinny tout au long de leur grossesse. Mais je ne fais que prendre du poids. »

— 7 —

La vie avec et sans enfant ? Qu'en reste-t-il pour celles qui en ont eus ? La vie de femme est-elle à ce point différente ?

Anémone

« Avoir des enfants, c'est une calamité ; ne pas en avoir, c'est une malédiction. »

Cameron Diaz

“ J’ai une vie agréable parce que je n’ai pas d’enfants. ”

&

“ J’aime trop dormir, c’est pour cela que je ne veux pas de bébé. ”

Arletty

« Je n'ai jamais voulu avoir d'enfants, de peur de faire un petit soldat, un militaire, un tueur. On n'est jamais sûr... »

À méditer

« Avant j'avais des principes. Maintenant, j'ai des enfants ! »

— 8 —

Grossesse et pensées secrètes

Florence Foresti

« La grossesse, c'est un peu comme une gueule de bois qui dure neuf mois. »

Madonna

« La grossesse est une sale blague que Dieu a faite aux femmes. »

Chrissy Teigen

« La partie la plus ennuyeuse de la grossesse, ce sont les comparaisons que l'on peut faire entre la taille de son enfant et des fruits : votre bébé mesure 15 cm. Un ananas ! Qu'est-ce que c'est que cette épicerie qu'on a en nous ? »

— 9 —

Des trucs pour bien vivre sa maternité ?

Kate Middleton

« Parfois, j'oublie que je suis enceinte. »

Alicia Silverstone

« Pour pouvoir tomber enceinte facilement, avec une grossesse agréable, un bel accouchement, un bébé heureux et en bonne santé, et profiter de son bébé, il est impératif de bien manger, manger sain et prendre soin de soi pour être une femme forte. »

— 10 —

Des envies ou des sautes d'humeur durant votre grossesse ?

Victoria Beckham

« Quand j'étais enceinte, je voulais juste avoir beaucoup, beaucoup d'animaux, pour quelque raison que ce soit. Je voulais des chats, mais David a dit : absolument pas. »

Amélie Nothomb

« On n'imagine pas l'influence
du hoquet d'un fœtus
sur une fillette enceinte
à fleur de peau. »

Sophie Arnould

« Vouloir brusquement
revoir son mari après
une séparation de cinq ans,
cela peut être une envie
de femme enceinte. »

Drew Barrymore

« Je mange tout ce que
je veux, ce qui n'est pas très
bon pour la santé. Je suis
encore plus grosse cette
fois-ci. Mon médecin
me disait l'autre jour
qu'il fallait que je ralentisse
un petit peu, alors
que je pensais
que j'allais super bien.
Je rentre toujours dans
mes jeans, ils me font un
peu mal quand je les porte,
mais je rentre encore
dedans. Je veux manger
des pâtes tout de suite !
Qu'est-ce que 7 kilos ? »

Jessica Alba

« Tout à coup, j'aime
les agrumes, les oranges
et les limonades citronnées,
j'en ai tout le temps envie
alors qu'avant je n'en
éprouvais jamais le besoin.
Je ne peux même pas en
manger car c'est trop acide.
J'aime aussi les truffes, mais
je ne peux pas en manger
non plus. J'ai aussi du mal
à avaler un steak. »

— 11 —

J'en peux plus de cette grossesse ! Comment vit-on ces 9 mois, surtout sur la fin ?

Alessandra Sublet

“ La maternité
est un tsunami. ”

Carla Bruni-Sarkozy

« Franchement, je n'en peux plus de la grossesse : je dois rester assise ou allongée la plupart du temps. Ne plus fumer ni boire de vin. J'ai hâte que ça se termine. »

Britney Spears

“ J’ai l’impression
d’avoir été enceinte
pendant dix ans. ”

Kim Kardashian

« La grossesse, je ne la souhaite à personne. Ça en vaut la peine à la fin donc je suis prête à souffrir, mais la grossesse n'est pas une bonne expérience pour moi. Vraiment pas. »

— 12 —

Des instants de grâce durant la grossesse ?

Kelly Rowland

« C'est vraiment incroyable d'observer son corps porter un humain ! »

Penélope Cruz

« Tous ces clichés, ces choses
que vous entendez
au sujet d'avoir un bébé
et la maternité – tous sont
vrais. Et toutes sont les plus
belles choses que
vous vivrez. »

— 13 —

Le regard des autres pendant la grossesse… Comment le vivre ? L'image dans le miroir ?

— —

Beyoncé Knowles

“ Quand on me voit de face,
ça ne se voit pas trop
que je suis enceinte,
mais de profil…
Oh, mon Dieu ! ”

Kim Kardashian

“ Comment ça se fait
que Kourtney et moi, on ait
le même nombre de kilos
à perdre, alors qu’elle vient
d’avoir un enfant? ”

Hayden Panettiere

« Je mesure environ 1,52 m
et je pesais 48 kilos. Devinez
combien je pèse désormais ?
66 kilos ! Et le pire dans
tout ça, c'est que mes pieds
sont restés petits
et se demandent :
Mais qu'est-ce qui se passe ?
Ils sont sur le point
de se casser ! »

Anne Roumanoff

« Mais non, tu n'as pas grossi. Écoute, pour mon premier, j'ai pris 38 kilos, je les ai jamais perdus ! Mais tu n'as pas besoin d'être mince. Dorénavant tu n'es plus une femme, tu es une maman ! »

— 14 —

Enceinte, plus femme que jamais ?

Anna Gavalda

“ Regardez une femme enceinte : vous croyez qu’elle traverse la rue ou qu’elle travaille ou même qu’elle vous parle. C’est faux. Elle pense à son bébé. ”

Angelina Jolie

« J'aime être enceinte. Ça me fait me sentir encore plus femme. Ça me permet aussi d'écouter mon corps, de plus ressentir les choses. Je pense que chaque femme a une expérience différente en fonction de son partenaire. La façon dont on considère la grossesse joue beaucoup. Je suis avec quelqu'un qui trouve que la grossesse est sexy, donc je me sens encore plus sexy. »

— 15 —

Existe-t-il un discours officiel durant la grossesse et après l'accouchement ? Un discours partagé par la majorité des femmes ? Est-ce une réalité ?

Audrey Hepburn

« Le plus difficile dans la maternité, c'est cette inquiétude intérieure que l'on ne peut pas montrer. »

Florence Foresti

« L'accouchement ? Toutes les mères ont signé une clause de confidentialité et elles sont contraintes au silence. Au mieux, elles ne peuvent dire que deux ou trois phrases sur leur accouchement, (mais soft !), histoire que ça ne fasse pas trop louche. »

Jessica Simpson

« Les gens disent toujours que les femmes enceintes sont rayonnantes. Alors qu'on sue comme jamais. Je pense qu'ils disent cela aux femmes enceintes juste pour qu'elles se sentent mieux dans leur peau. »

— 16 —

Y a-t-il des choses bizarres ou honteuses que l'on vit lorsque l'on est enceinte ?

Mila Kunis

« Je ne sais pas comment faire avec mes nouveaux seins, je n'en ai jamais eu de gros. »

Florence Foresti

« Pendant la grossesse, tu as de beaux seins. Enfin, beaux… gros. Mais faut voir aussi tout le réseau autoroutier français en filigrane. Google Maps sur le torse en permanence ! »

Adele

« Quand je suis tombée enceinte, j'ai eu tellement de testostérone en moi que de la barbe me poussait. Je l'ai vue ressurgir hier. C'est vrai, je ne raconte pas d'histoire. J'ai maintenant une barbe et j'en suis fière. Je l'appelle Larry. »

— 17 —

Les joies de l'accouchement ! Comment l'envisager, comment s'est-il passé ?

— —

Nora Ephron

« Si la grossesse était un livre, on en couperait les deux derniers chapitres. »

Florence Foresti

« Le baby shower, en fait,
c'est comme une boum mais
pour les vieilles ! »

— 18 —

Tous les enfants sont beaux… Le mien un peu plus !

Helen Gunn

« Les jardins me rappellent les enfants. Vous pouvez admirer ceux des autres en toute objectivité, mais rien ne vaudra jamais le plaisir et la satisfaction que vous retirez du vôtre. »

À méditer

« J'étais une très bonne mère avant d'avoir des enfants ! »

— 19 —

Je l'aime, maman, pour la vie !

Claire Élisabeth de Vergennes

" Une mère ne peut jamais
cesser d'être la mère
de son enfant. "

Hélène Ouvrard

« L'amour d'un enfant est
un absolu. Il faut y répondre
par l'absolu ou par rien
du tout. Il n'y a pas
de moyen terme. »

George Sand

« L'amour d'une femme pour
un homme doit ressembler
à la tendresse d'une mère
pour son enfant. »

Gwyneth Paltrow

“ Je pense que ce qui m’a
le plus surpris dans
la maternité, et aussi
sentimental que cela puisse
paraître, c’est combien
j’aime mes enfants.
C’est incroyable.
C’est comme si j’avais
expérimenté une nouvelle
dimension dans l’émotion. ”

— 20 —

Don de soi

Simone de Beauvoir

« Le mystère de l'incarnation se répète en chaque femme ; tout enfant qui naît est un Dieu qui se fait homme. »

Olivia Wilde

« La chose la plus merveilleuse quand vous devenez maman, c'est que vous ne serez plus jamais votre priorité numéro 1. La maternité vous apprend l'altruisme et je pense que c'est vraiment libérateur. »

— 21 —

Putain de baby-blues !

Florence Foresti

“ La dépression post-partum,
le baby-blues, le mot est
faible ! Tu as envie
de te pendre avec le cordon
ombilical… C’est pour
ça qu’ils le coupent
très vite ! ”

Kim Kardashian

« J'ai entendu tellement d'histoires, quand j'étais enceinte de North, de mères qui n'avaient pas mangé le placenta lors de leur première grossesse et qui ont souffert de dépression post-partum. Quand elles ont pris les pilules de placenta avec leur deuxième enfant, elles n'ont pas fait de dépression. Je me suis dit, pourquoi ne pas l'essayer? Qu'est-ce que j'ai à perdre? »

— 22 —

Amour et partage

Penelope Leach

« Aimer un bébé est un cercle sans fin. Plus on l'aime, plus on reçoit et plus on a envie de l'aimer. »

Agnès Ledig

« Il m'a dit : Je t'aime.
Je lui ai dit je t'aime
en retour. Puis il a ajouté :
Alors, on se t'aime
tous les deux, maman. »

Björk

« L'amour d'un enfant
est le plus pur qui soit. »

— 23 —

Devenir maman

Oprah Winfrey

“ La biologie est le moins de ce qui fait de quelqu'un une mère. ”

Marguerite Duras

“ Pourquoi une maternité ne serait-elle pas mal venue ? Pourquoi la naissance d’une mère par la venue de l’enfant ne serait-elle pas ratée, elle aussi ? ”

Jennifer Lopez

“ Je n’y peux rien, mais
je suis différente depuis
que j’ai des enfants.
Ça change complètement
vos perspectives dans la vie.
Pour le meilleur. ”

Gwen Stefani

“ Je me suis demandé : comment vais-je faire avec un bébé dans ma vie ? Ne suis-je pas trop égocentrique pour m’occuper correctement de lui ? J’ai une vie extraordinaire et je suis passionnée par tous mes projets donc je ne savais pas si je pouvais être assez désintéressée. Mais, évidemment, je peux – et c’est la plus belle chose qui me soit arrivée. ”

— 24 —

Nourrir son bébé

Alyssa Milano

“ Nos corps sont faits pour nourrir et câliner et toutes ces choses étonnantes qui viennent avec une maman. ”

&

“ Mon corps n’a pas été fait pour paraître bien en bikini à cordes. Il a été fait pour nourrir un enfant. ”

Blake Lively

« Je frotte des truffes sur mes tétons tous les jours. Je dois préparer le palais de ma fille très jeune, afin qu'elle ne mange pas seulement de la nourriture beige. »

Britney Spears

« Je dois constamment nourrir mes enfants. Et je me dis : mon Dieu, moi aussi, je veux du poulet frit ! »

— 25 —

Un enfant, c'est du boulot !

Florence Foresti

« On ne peut décemment pas coucher un enfant dans des draps de soie, il risquerait de glisser, soyons sérieux ! »

Phyllis Diller

« Nettoyer une maison pleine d'enfants est aussi efficace que de dégager une allée à la pelle pendant une tempête de neige. »

Roseanne Barr

« Quand mon mari rentre à la maison, si les enfants sont encore en vie, j'estime avoir fait mon boulot. »

Shannon Fif

“ Les personnes qu’on a
le plus de mal à convaincre
que l’heure est venue
pour elles de se retirer
sont les enfants au moment
d’aller au lit. ”

— 26 —

J'en peux plus de mon gosse ! Par moments, j'ai envie de le passer par la fenêtre !

Carla Bruni-Sarkozy

“ La maternité, c'est un miracle qui n'arrête pas de chier ! ”

Katherine Pancol

« Qu'est-ce qu'il y a, Zoé?
Parle à maman…
Tu sais qu'une maman,
ça comprend tout,
ça pardonne tout, ça aime
ses enfants même s'ils sont
des assassins sanguinaires…
Tu le sais, ça? »

Brigitte Bardot

« J'aurais préféré accoucher
d'un petit chien. »

(à propos de son fils)

Ann Diehl

“ Depuis que les femmes travaillent, on est passé de “Merci mon Dieu, c’est vendredi” à “Merci mon Dieu, c’est lundi”. Si une mère n’a jamais dit ça, c’est que ses enfants n’ont pas encore atteint l’adolescence. ”

— 27 —

Trouver un nouveau sens à sa vie

Marguerite Vollant

« Les enfants, c’est ce qui nous rapproche le plus du sentiment d’éternité. »

Marion Cotillard

« Je suis effectivement complètement apaisée par la maternité. Je n'étais pas particulièrement stressée avant, mais je vis une grande plénitude, une vraie joie de vivre. Quelque chose a pris un sens. (...)
Avec la maternité, je ressens un bonheur pur et intemporel. Il y a quelque chose de miraculeux à être reliée à toutes ces femmes qui, à travers les siècles, ont vécu la même chose… ou qui la vivront un jour. »

— 28 —

On devient gaga !

Alexia Laroche-Joubert

« J'adore sentir ses petits pieds qui puent ; car Solveig a des petits pieds qui puent vraiment et j'adore ça ! »

(à propos de sa fille)

— 29 —

Les bouleversements au quotidien

Tina Fey

« Être maman m'a fait découvrir la fatigue et m'a rendue heureuse. »

Flavie Flament

“ La naissance d’Enzo nous a imposé une organisation digne d’une PME ! ”

— —

Uma Thurman

“ Je n’ai plus jamais dormi après ma première grossesse. ”

— 30 —

Par moments, on se dit : « Si j'avais su... » J'ai signé pour en chier !

Tori Spelling

“ Je pensais que lorsque nous serions sortis du stade de bébé, la parentalité serait un jeu d'enfant. ”

Blake Lively

« Quand vous avez un enfant, vous vous dites que votre vie n'aurait pas été possible sans lui. En revanche, avoir un bébé, c'est accepter une vie totalement imprévisible. Tu ne sais jamais quand tu vas en chier, quand tu vas obtenir un grand sourire et quand ce sourire va se transformer en véritable crise d'hystérie. En fait, avoir un bébé, c'est comme vivre avec un toxico ! »

— 31 —

L'enfant permet de se transcender

Virginie Ledoyen

« J'ai eu mon premier enfant
à 24 ans, à une époque où
je travaillais tout le temps.
Je le désirais plus que tout
au monde. Mes enfants
m'ont permis d'être l'actrice
que je suis devenue. »

Florence Foresti

« Je crois que sans mes enfants je n'aurais jamais eu le courage de quitter le monde normal pour celui du cinéma. Ah oui, ce sont eux qui m'ont poussé à faire ce métier, oui... je ne supportais plus leurs cris à la maison! »

— 32 —

La louve

Cécile Fée

“ Rien ne protège mieux un enfant que la bonne réputation de sa mère. ”

Agatha Christie

« L'amour d'une mère pour son enfant ne connaît ni loi, ni pitié, ni limite. Il pourrait anéantir impitoyablement tout ce qui se trouve en travers de son chemin. »

— 33 —

Recettes de mamans

Simone de Beauvoir

“ Une cuillère pour maman,
une pour bonne-maman…
Si tu ne manges pas,
tu ne grandiras pas. ”

Gwyneth Paltrow

“ Je préférerais mourir que de laisser mes enfants manger de la soupe instantanée. ”

&

“ Mes enfants adorent le riz brun sauté, mais ils aiment leur “Coca-Cola de la semaine”. Ma fille est attirée par les fruits frais et les noix brutes, mais elle inhalera un paquet de Cheetos à l’aéroport. Tout est une question d’équilibre. ”

— 34 —

Relation mère – enfant

Lady Bird Johnson

“ Les enfants deviendront probablement ce que vous pensez d'eux. ”

Katherine Pancol

« Camille regardait dormir
son bébé. Enfin, elle avait
quelqu'un tout à elle,
quelqu'un qui
lui ressemblerait,
qui lui appartiendrait,
qui réaliserait ses folies
et ses ambitions. Pour qui
maman serait le bout
du monde, la Vierge
de l'immensité. »

— 35 —

La maternité, ça change une femme… ou pas !

Christina Aguilera

“ Je ne vais pas m’assagir parce que j’ai eu un enfant. La maternité ne m’a pas changée. Je le dis dans mon nouveau single, “Keeps Getting Better” : Je suis toujours une grosse salope. ”

— 36 —

Les « Moi, jamais ! » avant d'être maman

Florence Foresti

« Moi vivante, jamais
je foutrai un pied
à Disneyland. J'y ai jamais
mis un pied, j'en ai foutu
deux. À maintes reprises.
Tous les week-ends, en fait !
Ils m'ont même prise
dans la parade… Minnie,
Daisy, Foresti ! »

À méditer

***« Un enfant,
c'est la bulle.
Deux enfants,
c'est les boules ! »***

— 37 —

Famille nombreuse… ou pas ! On fait le deuxième ?

Beyoncé Knowles

« J'aimerais avoir d'autres enfants, ma fille a besoin d'une camarade. »

Brigitte Bardot

« C'est chouette,
cette prolongation de soi
par un enfant, c'est pas
la peine pour autant de se
prolonger par cinq ou huit
enfants. C'est ridicule… »

Florence Foresti

“ 3 enfants : 30 ans ferme.
À la fois détenu
et surveillant! ”

— 38 —

Souvent, les enfants ont tout à nous apprendre

Amélie Nothomb

“ On se moque des enfants
qui justifient leurs mauvais
coups par ce gémissement :
“C’est lui qui a commencé !”
Or, aucun conflit adulte
ne trouve sa genèse ailleurs. ”

Ève Bélisle

“ C'est beau, c'est frais, c'est transparent, un enfant. C'est par lui que nous viennent les plus grandes leçons de la vie. ”

Christiane Collange

“ Les enfants peuvent nous apprendre à profiter du temps qui passe plutôt qu'à regretter le temps qu'il fait. ”

— 39 —

On devient toutes des infirmières

Agnès Ledig

“ Toutes les mamans ont un thermomètre au bout des lèvres. ”

George Sand

« Chagrin d'enfant
et rosée du matin
n'ont pas de durée. »

— 40 —

Éducation : formation et déformation !

Catherine Bergeret-Amselek

« L'enfant reste un être fait de soi et de celui qu'on a aimé, il a pour mission de transmettre ce qu'il a reçu. »

Kate Winslet

“ Ces choses-là vous forgent et font de vous ce que vous êtes. Je pense qu’il est très important d’apprendre aux enfants à faire front. ”

Ginette Quirion

« L'éducation d'un enfant,
on le sait, c'est souvent
un combat constant entre
les valeurs de la famille
et celles de l'entourage. »

— —

Katharine Whitehorn

« Le meilleur moyen pour
vos enfants d'apprendre
la valeur de l'argent est
que vous n'en ayez pas. »

Pam Brown

« L'amour d'une maman,
c'est la conviction que ses
poussins sont des cygnes ;
ce qui est la meilleure façon
de donner du moral à des
enfants qui sont convaincus
d'être de vilains petits
canards. »

— 41 —

Les enfants mentent

— —

Ségolène Royal

« Les enfants ne mentent jamais. »

Lilianne Goulet et Pauline Lévesque

« C’est le pouvoir démesuré des adultes qui fait le mensonge des enfants. »

— 42 —

Rivalité, amour et jalousie

Anne Barratin

“ Une mère gratifiée de cinq filles, je la plains comme une ville assiégée. ”

Sophie Cottin

« Telle mère, telle fille,
mais parfois le bouton n'a
pas le parfum de la fleur
entièrement éclose. »

— 43 —

Projets d'avenir

Lady Bird Johnson

“ Les enfants se montrent en général à la hauteur de ce qu'on attend d'eux. ”

Kelly Clarkson

« Un bébé qui bouge dans votre ventre, c'est à la fois cool et flippant. Mais, à part ça, je suis sûre qu'elle sera une gymnaste. »

— 44 —

De l'enfance à l'adolescence

Suzanne Paradis

“ Tous les enfants se résorbent entre douze et treize ans. ”

Myriam Elison

« L'adolescence commence
le jour où, lorsqu'il suit
un western à la télévision,
un enfant préfère voir
le cow-boy embrasser
l'héroïne plutôt que
son cheval. »

Miley Cyrus

« Les enfants savent tout.
S'ils ont un iPhone,
ils regardent du porno.
Me regarder me trémousser
dans mon legging blanc,
ce n'est rien comparé
à ce que votre fils de 12 ans
regarde sous les draps.
Siri vous dit même comment
vous débarrasser
d'un cadavre. »

Chantal Debaise

« Un adulte est un enfant qui a grandi ! Physiquement, ça, c'est certain. »

— 45 —

J'ai des doutes...

Duchesse de Lauraguais

“ Mon mari m'a tellement trompée que je ne suis même pas sûre d'être la mère de mes propres enfants. ”

Emma Straub

« La maternité est le seul job
qui devient de plus
en plus dur chaque année,
sans jamais, jamais
d'augmentation de salaire. »

— 46 —

Souvenirs d'enfance

Suzanne Paradis

« Les enfances se ressemblent toutes, dans leur grandeur comme dans leur misère originelle. On ne connaît guère mieux son enfance que les enfances inconnues et secrètes des autres enfants. »

Barbara Costikyan

“ Dans les souvenirs d’enfance
de chaque bon cuisinier
se trouve une grande
cuisine, une cuisinière en
marche, un gâteau qui cuit
et une maman. ”

Cathy Barges

“ Et souviens-toi, maman,
quand nous étions enfants,
tu peignais nos cheveux
et essuyais nos yeux.
Te souviens-tu, maman ? ”

— 47 —

La femme se réalise-t-elle toujours dans la maternité ?

Pauline Bonaparte

« Les enfants ? Je préfère en commencer cent que d'en finir un. »

Maïtena Biraben

« L'amitié, le travail, le vin m'ont davantage épanouie que la maternité. Je viens d'emménager dans une maison. Il y a les parents d'un côté, les enfants de l'autre. (…) Quand mon fils vient me voir pour me demander s'il peut me réciter un poème, je lui dis : Bien sûr, mon chéri, mais fais vite. »

Oriana Fallaci

“ Être une maman n’est pas un travail. Il n’est même pas un devoir. C’est seulement un droit parmi tant d’autres. ”

Élisabeth Badinter

« Le moteur essentiel qui
a poussé les femmes
à reprendre en charge
leurs enfants, c'est tout
simplement leur volonté
de puissance. »

Virginie Efira

“ Quand ma fille est née,
on m’a dit : C’est ton plus
beau film. J’ai répondu :
Non, je crois que c’est
20 ans d’écart. ”

Élisabeth Badinter

« Au lieu d'instinct, ne vaudrait-il pas mieux parler d'une fabuleuse pression sociale pour que la femme ne puisse s'accomplir que dans la maternité ? »

— 48 —

Et les hommes dans tout ça ?

Hélène Grémillon

“ La grossesse, pour les hommes, c’est d’abord le corps d’une femme qui leur échappe. ”

Christine Boutin

« Il ne faudrait pas que celui
qui vient de donner
son sperme s'en lave
les mains. »

Élisabeth Badinter

« Nous prenons acte de la naissance d'une irréductible volonté féminine de partager l'univers et les enfants avec les hommes. »

Françoise Giroud

“ Les hommes ont superbement pratiqué cette séparation à laquelle ils tiennent tant entre leur femme – devoir, maternité, angélisme, migraine – et les femmes – plaisir, putains, enfer, mystère… ”

Julie Delpy

« Si j'avais le pouvoir
de donner l'éternité,
je la donnerais à mon fils
puis à moi-même.
Peut-être pas à mon mari
car j'aimerais bien
en avoir d'autres ! »

Florence Foresti

« Les filles, ça croit que tout le monde, c'est ses enfants, surtout son mari : "Fais pas ça ! Mange pas ça ! Va pas là-bas ! Tu vas prendre froid ! Enlève tes doigts !" Et après ça, un beau jour : "Mais je suis pas ta mère !" »

— 49 —

La parole aux hommes

Car même s'ils ne portent pas le bébé, voici quelques pensées d'hommes et de pères sur les femmes et les enfants…

Daniel Pennac

“ Les enfants sont des énigmes lumineuses. ”

Alphonse Allais

“ Il y a des moments où l’absence d’ogres se fait cruellement sentir. ”

Guy Bedos

“ Faire un enfant dans le monde où nous vivons, c’est faire un bras d’honneur à l’apocalypse. ”

Milan Kundera

« Avoir un enfant,
c'est manifester un accord
absolu avec l'homme.
Si j'ai un enfant, c'est comme
si je disais : je suis né,
j'ai goûté à la vie
et j'ai constaté qu'elle est
si bonne qu'elle mérite d'être
multipliée. »

Coluche

“ Y a des gens qui ont
des enfants parce qu’ils n’ont
pas les moyens de s’offrir
un chien! ”

Jean Yanne

“ Il faut faire des enfants
quand on est vieux, parce
qu’on ne les emmerde pas
longtemps. ”

Hervé Bazin

« L'accouchement de sa femme est une épreuve où l'inutilité de l'homme rejoint l'incontestable inutilité du bourdon. »

Charlie Chaplin

« Tous les enfants ont du génie, le tout est de le faire apparaître. »

Émile Fabre

« Quand on a donné la vie à un enfant, on est devant lui comme un débiteur devant son créancier. »

Pierre Desproges

« L'accouchement est douloureux. Heureusement, la femme tient la main de l'homme. Ainsi, il souffre moins ! »

Pierre Doris

« Conseils aux parents :
envoyez votre jeune fille
à la faculté de lettres.
Comme ça, plus tard,
quand elle fera la cuisine,
elle pourra penser. »

Tristan Bernard

“ Un enfant qui pose
une question, c’est la voix
de tout un monde qui veut
s’améliorer. ”

Frédéric Dard

“ Les enfants, c’est comme
les pets, on supporte
surtout les siens. ”

Francis Picabia

“ Une femme qui a un enfant,
c’est neuf mois de maladie
et le reste de sa vie,
une convalescence. ”

— —

Bill Watterson

“ Être parent, c’est vouloir
à la fois câliner et étrangler
son enfant. ”

Jean-Paul Sartre

« Un enfant, ce monstre que les adultes fabriquent avec leurs regrets. »

Pablo Picasso

« Dans chaque enfant il y a un artiste. Le problème est de savoir comment rester un artiste en grandissant. »

Albert Brie

“ N’exigez pas de votre enfant
qu’il vous dise toujours
la vérité : au mieux,
vous en ferez un effronté. ”

— —

Paul Auster

“ Même un enfant sait que
la vérité peut être utilisée
à des fins trompeuses. ”

Alphonse Allais

« On n'insistera jamais assez sur les inconvénients que présente l'abus de cyanure de potassium dans l'alimentation des nouveau-nés. »

Pierre Desproges

« Je ne suis pas raciste, mais il faut bien voir les choses en face : les enfants ne sont pas des gens comme nous. »

Patrick Sébastien

“ L'Éternité, c'est tiède, doux
et ça serre très fort…
C'est le poing de mon bébé
enroulé sur mon pouce. ”

— —

Francis Blanche

“ J'aime les enfants, oui. Mais
je leur adresse un reproche :
ce sont de futures grandes
personnes. ”

Jean-Paul Sartre

« Il est beaucoup plus facile pour un philosophe d’expliquer un nouveau concept à un autre philosophe qu’à un enfant. Pourquoi ? Parce que l’enfant pose les vraies questions. »

Table des matières

Retrouvez d'autres ouvrages de l'auteur pour rire encore et encore !

- *Agir et penser comme Arsène Lupin*, Éditions de l'Opportun, 2021
- *Agir et penser comme un chat*, Éditions Le Livre de poche, 2020
- *J'ai décidé d'être libre… c'est bon pour la santé*, Éditions Ideo, 2020
- *Légendes à la con*, (réédition illustrée), First Éditions, 2020
- *Les Meilleurs Slogans de manif*, First Éditions, 2020

Retrouvez Stéphane Garnier sur Facebook, Instagram et LinkedIn

Rendez-vous sur son site web : www.stephanegarnier.com